唤起乡土震荡

刘存发 著

山西出版传媒集团
山西人民出版社

图书在版编目（ＣＩＰ）数据

唤惹乡心旧梦留：咏中华传统节日词三百首 / 刘存
发著. -- 太原：山西人民出版社，2023.2
ISBN 978-7-203-12584-6

Ⅰ. ①唤… Ⅱ. ①刘… Ⅲ. ①词(文学)—作品集—中
国 Ⅳ. ①I222.8

中国版本图书馆CIP数据核字（2023）第011570号

唤惹乡心旧梦留：咏中华传统节日词三百首

HUANRE XIANGXIN JIUMENG LIU YONG ZHONGHUA CHUANTONG JIERI CI SANBAI SHOU

著　　者：	刘存发
责任编辑：	高　雷
复　　审：	吕绘元
终　　审：	武　静

出　版　者：	山西出版传媒集团·山西人民出版社
地　　址：	太原市建设南路21号
邮　　编：	030012
发行营销：	0351-4922220　4955996　4956039　4922127（传真）
天猫官网：	https://sxrmcbs.tmall.com　电话：0351-4922159
E-mail：	sxskcb@163.com　发行部
	sxskcb@126.com　总编室
网　　址：	www.sxskcb.com

经　销　者：	山西出版传媒集团·山西人民出版社
承　印　厂：	山西基因包装印刷科技股份有限公司

开　　本：	787mm × 1092mm　　1/32
印　　张：	7.125
字　　数：	110千字
版　　次：	2023年2月　第1版
印　　次：	2023年2月　第1次印刷
书　　号：	ISBN　978-7-203-12584-6
定　　价：	39.00元

序

前不久，李文朝将军发来微信，问我可否为天津诗友刘存发先生的新书《唤惹乡心旧梦留》作个序，我欣然应允。虽然我和作者未曾谋面，但文朝将军是中华诗词学会的老领导，对他的敬意让我没有半点犹豫。从将军的介绍中得知，作者是一位成功的企业家、多产的诗联词作家和诗词楹联文化的热心支持者。浏览了词稿、作者简介及相关资料，我感到将军所言不虚。

中华传统节日是中华传统文化的重要载体，以中华诗词的艺术形式讴歌中华传统节日，本身就是一件值得称道的雅事。以"唤惹乡心旧梦留"这样的诗性语言，为一部咏中华传统节日的词集命名，足见作者是一位颇具家国情怀的性情中人。"乡心"亦即乡情、乡愁，它不仅是每个炎黄子孙的理想出发地，更是华夏民族血脉赓续的动力源。唐刘长卿《新年作》诗云："乡心新岁切，天畔独潸然。"

这种每逢佳节倍思亲的朴素情感，是千百年来游子身在异乡共有的精神依托。这或许是存发先生之所以调动五十余个词牌、挥洒出三百首词作的因由所在。

词集字里行间，既有作者对过往心路历程的梳理，也有他花前月下的遣怀，但更多的还是其借"题"发挥的人生感悟。恰是这种发乎心、用乎情且触及灵魂的文字，才使得这部词集显得动情和感人。词的兴起与音乐有着密切的关系，直到晚唐五代才逐渐摆脱按曲拍谱词的束缚，发展成为一种独立的新诗体，至宋代则达到高潮，使宋词成为继唐诗之后中国古代文学的另一座高峰。由于词牌多样，字数有少有多，押韵比格律诗宽松，因而词更适于表现复杂多样的情感与生活，赢得了不少文人墨客的青睐。显然，存发先生是词的钟情者之一。

从这部由三百首词汇成的集子中可以领略作者丰富的情感世界，特别是他对中华传统节日的艺术解读、对家国情怀和人情世故的深切感悟。透过艰苦创业、羁旅愁思、佳节翘盼、亲友欢聚等或非凡或平凡的经历，作者将自己立体化、多样性的人生呈现在读者面前。当一个曾经历过爱恨情仇、宠辱不惊的成功人士，华丽转身为一个高产词家，幸与不幸、苦辣与酸甜等个中滋味，都可以在其词中真切地体悟到。

中华诗词学会以振兴中华传统诗词文化为己任，千方百计激励每一个人投身中华诗词事业，是我就任会长以来的工作思路。像存发先生这样对诗词文化一往情深的坚守与支持，更使我产生发自内心的感谢与钦佩！我们赶上了中华民族和中华文化伟大复兴的新时代，我们要不负时代、不负韶光，踔厉奋发、砥砺前行，共同创造新时代中华诗词的新辉煌。

周文彰

二○二二年七月于北京

（作者系中华诗词学会会长，中央党校〈国家行政学院〉教授、博士生导师）

序

目录

目录

目录

定风波·重阳怀旧

细雨声声入梦虚，醒来余韵却全无。愁对镜花寻泪迹，追忆，故园往事记当初。

牵手同游曾九九，弥久，朝思暮盼雁传书。独守空房肠欲断，遥看，天边夕照染茱萸。

定风波·上元观月

乘兴登台眺玉宫，婆娑桂影有无中。夜近深宵更鼓后，如昼，小楼依旧沐春风。

烟火冲天还乱下，如画，缤纷五彩映长空。十里长街人似海，期待，去年吟客再重逢。

扫码听音频

定风波·清明

细雨霏霏柳叶青，万条金缕更多情。暗扯游丝闲润翠，犹醉，随风卷去向天庭。

客里焉知时序迭，梨雪，半开半落过清明。冷艳能留花几日？愁色，春光暂短少年行。

定风波·端午

炽日薰天大麦黄，炎风斗茧吐丝长。院扫庭除门插艾，安泰，浴兰时节酒飘香。

江上旌旗催竞渡，箫鼓，连声急唤楚忠良。欲夺标头齐勠力，拼弈，几人名就几人狂。

定风波·春分有寄

一抹东风到日中，玉轮高挂斗朝东。昼夜平分春恰好，芳草，倚溪偎浦映晴空。

双燕归巢方觉晚，谁遣，穿帘化入野棠红。且趁春光还半数，奔赴，武陵红雨胜秦宫。

定风波·己亥除夕

玉焰轻烟绕宝炉，剪红妆牖换桃符。暖逐雪痕香远逸，今夕，合家同挹美屠苏。

爆竹连声惊犬豕，弹指，东来紫气踏新途。五六华年风雨路，虚度，半生愁苦此间无。

扫码听音频

定风波·辛丑华厦年会

遐绪初成岁渐终，悠悠心事去年同。二十九年安广厦，无那，辛劳甘苦笑谈中。

自古凡夫愁里过，唯我，万和堂上聚才雄。共渡同舟豪气满，思远，征帆待举趁东风。

扫码听音频

临江仙·立夏

野渡乱飘飞絮，陌头流落吟虫。斗回巽位伴晨钟。小池荷叶绿，深院楝花红。

首夏几番丝雨，正阳数度熏风。晴光霁色有无中。羁情千里外，宿梦一时空。

临江仙·重阳

风逐芦滩翻雪浪，一川衰草苍茫。远山近水淡无光。辞青时节，自有菊花香。

今夕云浓天欲雨，登临又惹情伤。茱萸未插望家乡。但凭杯酒，吟咏祝重阳。

临江仙·除夕

忽有东风传暖信，几分寒意阑珊。夕阳无语恋残年。幽情未了，脉脉下西山。

梅蕊今宵心事好，冷香欲绽春天。钟声催动万家欢。烟花乱落，喜气伴新元。

临江仙·中秋节

玉兔腾空千里净，行云若水如烟。星移斗转镜高悬。蟾宫光满，依旧照婵娟。

一粒仙丹飞不返，可怜孤守广寒。天涯此刻共团圆。高吟把盏，更莫待来年。

扫码听音频

临江仙·花朝

　　醉倚垂帘对柳影，柔条暗吐新芽。花朝谁令苦无暇。三春今过半，社燕未回家。

　　紫陌红尘缘不断，别来愁思如麻。小园今夕驻香车。踏青凭胜日，拾翠趁清嘉。

临江仙·立秋有感

　　一苇飘零莲欲谢，恼人暑气难休。梧桐摇落惹闲愁。蛩鸣墙角下，蝉咽柳枝头。

　　老去长思年少事，梦回旧日乡丘。我非松石也知秋。飞鸦随日落，举首暮云浮。

临江仙·己亥元宵

云淡星稀风送暖，一轮明月擎天。忽来幻去有无间。今宵清皓，敢问为谁圆？

灯谜鼓锣花满树，喜添眼翘眉弯。举杯对月影成三。天公知否？皤发染多年。

临江仙·夏至感怀

梦醒时分知夜短，一年长昼于今。铜壶催夏斗南沉。朱明方半老，暑气渐浓深。

柳上新蝉初试笛，短歌认有乡音。清幽此境有闲心。承欢须畅饮，逢兴必高吟。

扫码听音频

沁园春·上元

　　月挂中天，皎洁如银，遍洒素晖。正晴空万里，烟波浩渺，流云千朵，碧海翩飞。金镜增光，琼楼缀彩，玉树生花春意催。蟾宫上，见姮娥瘦影，也自生悲。

　　年年携手观梅。却今夜相邀竟未回。怅天涯倦旅，归期无信，征途远客，独守空帏。鬓发萧疏，怜心憔悴，欲闭深门减是非。逢佳节，盼故人讯问，共尽残杯。

沁园春·除夕

又遇东君，化雨消寒，染柳探春。望远岑草色，无边烂漫，梅林暖意，别样缤纷。仰望长空，白云苍狗，日月频催半老人。烟花起，似虚无缥缈，梦幻惊魂。

思乡铅泪沾巾，纵远在天涯骨肉亲。愿开元辞旧，吉星临户，迎新守岁，喜气盈门。蜡炬长明，晨钟远振，五谷丰登谢众神。流年转，盼河清海晏，绿满乾坤。

扫码听音频

沁园春·己亥小年华厦年会

雁阵南归，瑞雪迟来，岁已近残。叹荒凉未醒，征程困阻，萧条愈烈，举步维艰。佳会如期，天公佑护，辞旧迎新且尽欢。轻舟小，赖齐心协力，春意嫣然。

谁能共济同船？共回首风云廿七年。看一堂才俊，豪情依旧，八方故友，锐气冲冠。七尺须眉，襟怀坦荡，斩棘披荆更向前。深杯举，倩群英伴我，笑破寒天。

卜算子·除夜

春色上眉头，往事堪回味。弹指声轻又一年，枉负东流水。

此夕竟无眠，人世添新岁。几度三更念故乡，共与今宵醉。

卜算子·端午

此日扫门庭，此节悬菖艾。香草辞章赋美人，浩气终难改。

蒲酒已陈年，筒粽传多载。江上忠魂意不孤，万众龙舟赛。

扫码听音频

卜算子·上元

月色润梅容，玉蕊枝头挂。狮舞龙腾火树飞，今夕明如画。

记得去年时，携手花灯下。昨日相邀信渺茫，独立愁无话。

卜算子·春分有感

弹指数归期，梦浅追无处。玄鸟回巢未见君，无奈生愁绪。

夜听海棠风，朝看梨花雨。惆怅三春一半休，意冷同谁诉？

扫码听音频

卜算子·庚子除夜

今夜不成眠，忆往终无悔。猪去鼠来又一年，万众乘佳会。

举酒望家乡，未解愁人醉。客鬓消磨更染霜，碌碌增新岁。

卜算子·寒食

云外纸鸢飞，叶底流莺语。独倚楼栏望远乡，草色连荒渚。

才别柳条风，又送梨花雨。禁火时辰设冷盘，杏酪为谁著。

扫码听音频

卜算子·花朝

百卉过生朝，一半春光逝。聊寄闲情向小园，桃李争娇媚。

社燕又归来，谁解其中意。花落花开自有时，莫虑伤心事。

卜算子·立秋有感

斗柄向西南，爽气从今始。半老桐梧一叶飞，悄自随风坠。

野陌暗蛩吟，高柳寒蝉唳。张翰莼鲈念故乡，宋玉空弹泪。

卜算子·立夏

斗柄转东南，九十韶光去。多少怜花未了情，此际朝谁诉？

燕觅旧巢飞，莺叹香几缕。唯有杨花欲挽春，乱扯风前絮。

卜算子·夏至

斗柄向南倾，九夏中分半。竹径潇潇荔满枝，梦好宵偏短。

日照柳荫浓，风动蝉声远。蛙鼓长鸣未见休，久唤低飞燕。

扫码听音频

采桑子·重阳

　　天高云淡秋风爽，草染寒霜，林转丹黄，野菊蕃边独自香。

　　思亲倦客愁眉展，斜佩茱囊，远上山冈，欲伴征鸿返故乡。

采桑子·除夜

　　万家灯火团圆夜，竹爆街头，彩照层楼，唤惹乡心旧梦留。

　　欢情苦意随风去，昔日无愁，来日无忧，唯惜时光似水流。

采桑子·春分

三春过半情难寄，昼夜中分，寒暑平匀，燕舞莺歌掸客尘。

海棠带雨争春色，翠叶含真，丽影怡神，清艳凝香惹梦魂。

采桑子·立秋有感

岁华过半朱明老，霜侵青枫，露点黄桐，万绿枝头几片红。

是非功过皆身外，天上飞鸿，砌下吟蛩，闲散疏狂一梦中。

扫码听音频

采桑子·夏至

自然更迭时交替，斗指南方，暑影拖长，梅子初收杏透黄。

朱明一半匆匆去，蝉咏骄阳，燕舞晴光，阵阵荷风送暗香。

采桑子·上元

梅林枝上春来早，又遇东风，花影凌空，暗送清幽香气浓。

良宵景色明如昼，竟举灯笼，舞跃长龙，万户千门一片红。

钗头凤·重阳

黄英醉，丹枫媚，满山红叶娇如绘。斜阳弱，西风瑟。更飘疏雨，欲停还惑。落，落，落。

思佳会，堪回味，两行清泪腮边坠。天涯各，归田陌。幸逢重九，怕登高阁。莫，莫，莫。

扫码听音频

钗头凤·上元

良宵月，圆无缺，九霄如欢惊宫阙。春风吹，祥云汇。一川溟色，满天澄翠。媚，媚，媚。

烟花烈，流光叠，不停星雨争明灭。观花会，猜灯谜。街头灯涌，市间人沸。醉，醉，醉。

钗头凤

朝中措·重阳

风烟万里任遨游，沧海独行舟。赏菊怡情助兴，登台吊古生愁。

几多离别，几番风雨，几度春秋。九九依然归一，夕阳红在沙洲。

朝中措·春分有感

春来过半斗朝东，昼夜恰分中。洒下丝丝凉意，云笼点点芳丛。

青山抹黛，柳溪流翠，桃苑飞红。莫叹韶华逝水，人生几度春风。

扫码听音频

朝中措·甲午除夕有感

终宵爆竹未消愁，一夜两春秋。凄苦已随腊尽，老梅含笑寒丘。

华灯守岁，晨钟催曙，鹤梦难酬。五十一年无那，晓来霜鬓盈头。

朝中措·立秋遣怀

夜来微雨此时休，爽气浸层楼。谁令朱明老去，年光半付东流。

金英未吐，白莲欲谢，红叶知秋。莫叹梧桐转色，新晴淡减闲愁。

朝中措·秋节

玉盘高挂斗西归，千里共清晖。弹指九秋过半，盈亏几度轮回。

婆娑桂影，晶莹玉殿，光彻山溪。遥念广寒梦冷，不知何处能依。

朝中措·元夕

烟花绚丽耀蟾宫，七彩绣星空。且伴闲情一夜，却留绮梦春风。

人潮十里，游龙百尺，嫩柳千重。月好家家争赏，灯明处处鲜红。

扫码听音频

蝶恋花·除夜

今夕一壶家酿酒。换盏吟诗，互问安然否。惆怅闲愁谁没有，年来牢落终归旧。

蜡泪渐消双岁守。鸡唤黎明，已是三更后。五六开端从此走，浮生虚度休回首。

蝶恋花·春分喜雨

玄鸟归来春半去，踌躇新窠，寂寞愁无语。楼外雷声惊玉宇，湿云沉郁凝丝雨。

莫问三春还几许，且看庭前，袅娜摇金缕。更有海棠花满树，半开半闭羞情露。

蝶恋花·冬至

客舍无聊冬节度，皓月初升，日转回头路。
万木凋零深闭户，今宵冷梦归何处。

历数寒天还几许，窗外梅梢，玉蝶环枝舞。
莫问羁情愁与苦，谁人共诵闲居赋。

蝶恋花·寒食

风动葭灰寒食了，细雨牵愁，落絮添烦恼。
数尽千帆音信杳，门前插柳情难表。

远见丘坡环寸草，一树山茶，几缕新烟袅。
欲报春晖须趁早，心香莫待书生老。

扫码听音频

蝶恋花·立秋

　　暑气未消秋已至。暮雨初收，竹簟添凉意。
梧叶知秋随露坠，如痴似醉飘无计。

　　柳上寒蝉情远寄。缭乱西风，又惹闲愁起。
已逝年华谁知味，长空似镜明秋水。

蝶恋花·秋分

　　斗柄指西秋过半，淡扫层云，爽气随风漫。
枫叶凌寒霜染遍，斜阳落照余霞灿。

　　远眺长空南去雁，振翮高飞，共渡湘江畔。
此去归期弹指算，闲情未了愁思乱。

蝶恋花

蝶恋花·元旦

浊酒一杯心事了。未得欢情，且忘愁多少。
苦去甘来拼一笑，纵留憾事无烦恼。

渐落星光天欲晓。钟漏悠扬，唤起雄鸡叫。
舜日尧天同祈祷，来朝会胜今年好。

蝶恋花·元夕

万盏华灯千栋厦。依约春风，皓月当空挂。
烟火冲天光四射，广寒宫里明如画。

客路不知元夕也。远念家山，故友围华榭。
不记香车随宝马，阑珊灯火歌初罢。

扫码听音频

风光好·重阳

正秋凉，远山黄。目送长空雁一行。向潇湘。

愁云千里浓于墨，天涯客。携酒登台望故乡，菊花香。

风光好·丙申除夜

烛光寒，瓶花绵。一夜良辰隔两年。竟无眠。

浮生半百余三岁，心犹昧。只待春风过小园，雁书传。

风光好

风光好·春分

斗东倾，月西横。昼夜均分寒暑平。晓山青。

庭前金缕随风逸，摇晴碧。墙角梨花照眼明，自怡情。

风光好·立秋

伏收官，夏阑珊。已报金风送旻天。润山川。

庭梧一叶惊槐梦，秋声动。晓露初凝始觉寒，暮云闲。

扫码听音频

风光好·清明

柳依依，雨霏霏。更喜初晴见彩霓。燕低飞。
梨花散落添愁色，长空碧。几缕新烟伴落晖，
待君归。

风光好·上元夜游

月初升，夜晴明。焰火乘云上紫庭。逐流星。
灯残未识来时路，无归处。寻遍长街转短亭，
任闲行。

感恩多·丙申谷日家书

梦中怀故土，愁苦谁相诉？近春无福缘，酿奇冤。

不断如珠泪水，洒颊边。洒颊边，自悟平生，此心山海宽。

感恩多·丙申除夕感怀

岁华今夜改，知命增三岁。疏狂谈笑间，苦难言。

忆昔文章事业，少英贤。少英贤，枉负琼筵，但求同醉酣。

扫码听音频

感恩多·丙申元夕

客乡元宵节，烟火明还灭。倚帘孤对灯，寄深情。

祈愿云清月皓，笑连声。笑连声，且盼来朝，纵观千里晴。

感恩多·春分

海棠知节序，珠蕾盈千树。粉腮犹带红，正情浓。

屈指三春过半，急匆匆。急匆匆，彩燕归来，画梁几度逢。

扫码听音频

感恩多

感恩多·端午

解丝投角黍，风俗存千古。浴兰思楚魂，吊忠臣。

棹影飘然远逝，水无痕。水无痕，酹酒江边，寄情千里云。

感恩多·清明

五更听漏滴，孤枕朝来湿。起身帘外窥，雨霏霏。

远处疏烟几缕，柳丝飞。柳丝飞，逐梦天涯，别愁春可知？

扫码听音频

好事近·端午

数度扫庭堂，数载净门悬艾。蒲酒几经寒暑，举金盏同拜。

娇童肩臂绣钗符，神气且潇洒。乐见鼓喧旗展，欲登舟豪迈。

好事近·重阳

旭日伴秋风，染尽满林枫叶。更唤菊花香绽，正思亲佳节。

归心寄与纸鸢牵，轻似玉蝴蝶。径向白云飘荡，了远飞情结。

扫码听音频

好事近·丙申秋分

节序暗推移，律管半分秋日。昼夜已无长短，恰同光南北。

小园晴翠已多时，误却旧诗笔。梦里几回寻觅，竟晓来无迹。

好事近·除夕

烛彩照兰堂，把酒莫言心醉。一卷素笺方展，写清诗辞岁。

春风又作柳描眉，小园荡丝翠。待到晓鸡高唱，盼迎新佳会。

扫码听音频

好事近·冬至

倚枕念家山，梦里得寻陈迹。欲采六花飞影，上三冬词笔。

故园粉饰玉琅玕，更添几声笛。竹外一株梅树，正暗香飘逸。

好事近·夏至

昼极斗朝南，好梦奈何宵短。几度艳阳高照，向北回归线。

夏深始觉物华移，画梁绕雏燕。独享柳荫宁静，有蝉声清远。

后庭花·上元

月光千里明如昼，漫天星斗。东风迟到春依旧，唤醒杨柳。

旧时元夕难回首，挑灯街口。烟花飞舞三更后，满天如绣。

后庭花·重阳节

小楼过雨凭栏望，气清天朗。芦荻飘雪波浩荡，一片苍莽。

重阳佳节天清爽，槛菊初放。别绪离情终难忘，又添惆怅。

扫码听音频

后庭花 · 丙申端午遣怀

浴兰时节逢羁旅，客心尤苦。乱云飞渡惊愁雨，洒泪几许。

汨罗筒粽空怀古，楚魂知否？家国情思休回顾，寄语端午。

后庭花 · 庚子腊八逢大寒日

斗归东北瞻弦月，奈何圆缺？已近年关今腊八，大寒时节。

小园春色梅先发，冻葩飞雪。玉骨冰肌凭风拂，清气难折。

扫码听音频

后庭花·癸巳除夕

　　小园春色归何处，玉梅无语。门换桃符书旧句，隔岁留趣。

　　烟花竞放星飞雨，映红归路。一声鸡唱悲喜去，半百虚度。

后庭花·中秋

　　冰轮高挂杓西指，碧天如洗。素光流射云无际，一泻千里。

　　九秋半逝如流水，别情何寄？莫问嫦娥愁有几，梦远难记。

扫码听音频

满江红·端午

　　五月榴花，风吹绽、火翻红缎。投角黍、汨罗凭吊，叶包金灿。蒲酒杯深清气漫，蕙兰手佩幽香伴。叹艾草、千载不逢时，齐根剪。

　　楚云渺，湘江岸。人鼎沸，旗幡展。看龙舟竞渡，鼓鸣高唤。嘉树招风应不悔，蛾眉遭妒真无怨。仰前贤、千里动波涛，冲霄汉。

扫码听音频

满江红·重阳节

愁尽深秋，霜未尽、冷风更烈。吹过处、柳丝凝露，苇花翻雪。野水频添黄蒲草，平桥乱点红枫叶。见塞雁、振翅数回头，伤离别。

照丛菊，唯皓月。人渐老，情难绝。畅怀登天阁，欲同云说。岂肯轻弹儿女泪，宁甘空洒英雄血。鬓边发、染白有谁怜，归心切。

扫码听音频

满江红·丙申清明节

连日春阴，风未尽、峭寒又袭。窗外望、断云几许，燕归无迹。遥念家门应插柳，更思故冢当栽柏。最牵情、疏雨近黄昏，青山隔。

槐烟散，榆火煜。凄楚泪，何时息？待红霞重吐，紫气东出。陌上梨花开半落，空中柳絮高飘逸。惹深愁、长路怎回乡？怜羁客。

扫码听音频

满江红·中秋

斗柄西沉，乘兴去、轮回若昔。霄汉外、碧空如洗，宿云无迹。九十秋光倏过半，十分桂影悬今夕。玉新磨、况是镜般圆，清如璧。

星闪烁，天一色。风露重，霜华湿。叹蟾宫缥缈，谪仙难觅。幸得良宵人对月，还求佳节花迎日。纵夜永、小立任凉飔，诗心逸。

扫码听音频

花非花·端午观龙舟

人喧嚣，鼓声急。仰楚魂，追湘魄。龙舟争渡卷涛冲，桨棹齐挥掀浪疾。

花非花·立冬

三冬来，九秋去。水结冰，霄凝雾。庭寒炉暖酒常温，雨冷云低天作赋。

花非花·秋分

雷收声，雁辞别。冷雨飞，寒蛩咽。江边秋色已无多，剩有霜枫红染叶。

花非花·夏至

魁南倾，序更换。白昼长，玄宵短。新蝉初唱妙音连，乳燕方飞幽梦远。

花非花·中秋

云初收，月高照。万里清，三更皓。晴光如洗怨难消，汇入苍茫情未了。

花非花·元夕

乘春风，庆佳节。不夜天，团圆月。街头灯火映良宵，月下人潮声鼎沸。

扫码听音频

浣溪沙·除夕

楼外烟花竞不停，灯前祝酒玉杯擎。缘来缘去总关情。

此夜霜风留雪迹，明朝柳色又垂青。呼君踏野探琼英。

浣溪沙·春分

斗柄指东寒暑平，春光一半驻长亭。小园杨柳拂阴晴。

故燕归巢频唱曲，画梁寻伴暗生情。一声霹雳梦魂惊。

浣溪沙·立秋

南陆别时西陆回，炎风渐弱欲辞归。寒蝉浅唱抱宫槐。

几缕残云轻化雨，一轮烈日让凉飔。庭梧无语叶先知。

浣溪沙·七夕

梧叶知秋畅晚风，玉轮开扇映长空。传闻泛月此宵中。

一道云梭停织巧，双星吉日得相逢。匆匆数语又西东。

扫码听音频

浣溪沙 · 夏至

律动葭灰斗指南，昼长夜短九光炎。昊天过半酒频添。

柳上新蝉嘶烈日，梁间雏燕上高檐。初生欲觅苦中甜。

浣溪沙 · 中秋望月

北斗西归秋半分，碧空如洗杳无云。晴光遍洒露华新。

桂树婆娑千古冷，银盘闪耀几时泯？良宵何处不销魂。

扫码听音频

减字木兰花·端午

浴兰时节，洒扫庭堂悬艾叶。细剪钗符，难解传灵可有无。

龙舟争渡，怎记《离骚》三两句。屈子焉知，一统九州秦为谁？

减字木兰花·上元

月盈庭院，独上西楼心寄远。灯耀长街，好待群朋射虎来。

春风依旧，吹绿堤边千迭柳。月色婵娟，火树银花上九天。

扫码听音频

减字木兰花 · 丙申七夕有感

去年七夕，新月如钩星海碧。织女牛郎，天上人间俱一双。

经年此夜，电闪雷鸣风雨泻。鹊梦摧残，咫尺津门万里关。

减字木兰花 · 丙申夏至前一日

星移斗换，九夏风光将一半。莫叹炎凉，恰有红莲远逸香。

筠风微动，柳浪蝉鸣惊客梦。漫奏秋歌，鬓上霜丝已渐多。

扫码听音频

减字木兰花·春分

斗柄东眺，昼夜中分春正好。寒暑匀平，云外轻雷暗作声。

故园依旧，梨雪棠云铺锦绣。玄鸟归来，久别重逢共放怀。

减字木兰花·立秋

岁华过半，九夏别离情未断。桐叶无声，一抹红霞豁眼明。

蓐收何意？渐起西风吹万里。枕簟知凉，爽意如云入梦乡。

扫码听音频

减字木兰花·七夕

朝思暮盼，望眼欲穿肠已断。银汉星晖，一霎佳期逐梦飞。

鹊桥分手，苦等一年终聚首。无尽离情，倾诉焉容过五更。

减字木兰花·秋分

星移斗转，露冷风轻秋过半。昼夜居中，乱剪霜枫碎叶红。

连宵檐滴，任是雷收声不息。困倚庭梧，望断横云雁影疏。

减字木兰花·上元夜

烟花骈叠，五彩缤纷惊皓月。锣鼓欢敲，
万巷华灯接碧霄。

遥思远客，几处阑珊寻旧迹。蓦地回眸，
远见归鸿过翠楼。

减字木兰花·辛丑除夕

东风涌动，情寄烟花牵旧梦。今夜无眠，
一夜春风记两年。

心期盛世，鼠匿牛奔同贺岁。共饮千杯，
好愿偕君醉一回。

扫码听音频

江城子·端午

绿裁烟翠彩成丛。浣花红，映长空。菖蒲独酌，骚怨起心中。莫问楚魂今在否，投角黍，酹江风。

江城子·清明

春阴漠漠待晴晖。子规啼，惹愁思。湖边插柳，绿嵌白沙堤。风送纸鸢追梦远，红雨落，柳花飞。

江城子 · 秋分前夕

三秋将半问葭灰。日沉西，月争晖。金风凝露，爽气入空帷。枕簟新凉华胥远，回故里，会相知。

江城子 · 中秋望月

瑶空如洗素光寒。碧云天，爽无烟。山河一色，玉魄特殊圆。唯惜姮娥飞梦远，情未尽，欲归难。

扫码听音频

浪淘沙·丙申重阳节

窗帏透秋光，榻冷衾凉。去年心事苦难搪。自古怀秋多寂寞，总自悲伤。

今日又重阳，家在何方？梦回故里菊留香。独上高台情未尽，笑也无妨。

浪淘沙·上元

窗外素光寒，夜色清妍。今宵明月为谁圆？
几度东风吹过后，春意阑珊。

绮梦对无言，牵手花间。竞猜灯谜兴无前。
又恐烟花零落尽，独倚垂帘。

扫码听音频

浪淘沙·中酉重阳

秋雨滴声连，泪也穷殚。重阳未得故乡还。野菊篱边唯寂寞，顾影婵娟。

游子苦难言，转瞬经年。家中新酿共谁干。不尽愁云千里远，且待晴天。

浪淘沙·丙申立夏逢雨

斗柄换新姿，律动葭灰。荷风缱绻湿云低。
几道弧光明又灭，攲枕听雷。

独处莫遐思，暂忘伤悲。故园夏景半辞归。
乳燕双飞知我意，檐下娇啼。

扫码听音频

浪淘沙·丁酉元旦

　　一夜北风寒，难逐愁颜。良宵独守夜无眠。遥念合家欢聚处，如隔关山。

　　去岁苦难堪，可与谁言。钟声一响即新年。应有孤梅寒雪放，共待晴天。

扫码听音频

浪淘沙

浪淘沙·立秋

九夏欲收官，暑气阑珊。夜来风雨洒乡关。入梦秋声无处觅，枕簟微寒。

晨起卷钩帘，遐想无言。岁华一半付愁颜。柳下蝉声鸣曙色，又换新天。

扫码听音频

梆含烟 · 丙申人日抒怀

逢人日，思无穷。倦客别家一载，归期未卜似添慵，愿难从。

久念家山梅半老，莫计愁肠多少。冰魂化土护春红，候东风。

梆含烟 · 丁酉除夕感怀

腊将尽，烟花升。爆竹声催更鼓，寒庭孤影伴残灯，梦魂惊。

五十四年明日是，心事随风远寄。老来知味叹虚生，自多情。

栁含烟 · 端午

榴花吐，舞红霓。江畔轻风拂面，小荷尖角着青衣，秀新姿。

争渡船歌声未息，几度梦残难忆。夺标画鼓紧相催，鸟惊飞。

栁含烟 · 立春

斗东转，雁西飞。岁末余寒渐退，残梅带雪蕴冰肌，秀芳姿。

草木借风惊旧梦，桃李争妍萌动。一群喜鹊入门扉，贺春归。

扫码听音频

柳含烟·七夕远寄

佳期会，莫蹉跎。玉露金风银汉，一桥如练越天河，渡云波。

缱绻经年圆旧梦，今夕柔情万种。应知愁比广寒多，对聆歌。

柳含烟·中秋

暮云尽，桂华升。飞梦由来已久，几回圆缺几回明，寂无声。

十二圆光唯此夕，斗柄半分秋色。嫦娥何故总伤情，忍傅伶。

金缕曲·丁酉元宵节

今又元宵节。望长空、星光灿烂，玉河如雪。万里同心金镜古，犹似银盘光澈。映火树、烟花层叠。秀陌春灯人欢闹，对琼楼、玉宇星灯列。天不夜，照豪杰。

去年心事系难结。问苍天、广寒宫冷，羿君焉悦？吾也伶仃孤独过，苦恨悲伤难绝。七尺汉、身坚若铁。无愧无忧心坦荡，弃前嫌、愁怨当飞蝶。清酒举，共明月。

扫码听音频

金缕曲·重阳感怀

料峭秋将暮。任西风、南园撼竹，北庭摇树。牢落关河曾立马，岂是重阳堪误。问季雁、何时返楚？昨夜佳音开眉宇，映晨晖、喜鹊楼前顾。弹指算，踏征路。

莫谈俗事甜和苦。了凡尘、凄风恨雨，尽归黄土。纵有豪情千百丈，回首年华虚度。鸡未唱、翩然起舞。数载寒窗风韵少，怅鬓边发白谁看取。擎菊酒、勿辜负。

金缕曲 · 立夏抒怀

布谷庭前语。咽声中、几多别恨，几多愁苦。啼破晴云芳半落，漫教游丝远渡。望银汉、星杓转序。应念故乡情未了，数游蜂、正绕荼蘼舞。莺已老，送春去。

景移物换难留住。倚危栏、一帘幽草，满湖烟雨。春色并非楝花守，帘外桐花暗吐。趁吉日、金樽共举。祈盼熏风留暮色，望小荷碧卷听蛙鼓。华胥梦，再重叙。

扫码听音频

金缕曲·壬寅除夕有感

腊尽思无那。望蟾宫、阙门紧闭，禁楼空锁。玉宇凡间宵共度，更伴新朝同贺。君莫笑、娥儿闲可。只为飞天圆仙梦，料不知、归路多坎坷。情未了，恨平颇。

椒盘岁酒围炉坐。待鸡鸣、九霄星雨，满街灯火。五十八年弹指去，衰鬓霜丝半裸。回首叹、韶华负我。老去尚能持利剑，任潭深誓把苍龙缚。身健在，莫虚过。

金缕曲·戊戌小年华厦年会

又届年根矣，更哪堪、霜岚雪絮，冷风横肆。征雁畏寒南渡远，还剩鸿鹄有几？狼藉处、蓬蒿遍地。辜负天恩羞列祖，任沉沦、与我干何事。俱往昔，任其说。

恰逢华厦群英会。喜堂前、俊男靓女，莅临云萃。满座春风豪情壮，尽显英雄浩气。风雨后、长虹万里。且待来朝晴日好，快扬帆前路祥云瑞。谁共我，拼一醉。

扫码听音频

柳梢青·除夕

结彩张灯，松庭灼亮，疏影交横。今夜无眠，客愁思远，旧梦牵情。

虚堂今夕飞觥，畅饮后、飘然五更。爆竹频催，雄鸡鸣唱，喜庆新正。

柳梢青·立冬

薄雾弥天，朔风卷地，冻雨生寒。举目荒堤，白桦半疏，绿柳新残。

野鸡化蜃涅槃，九秋尽、三冬复还。心寄南山，黄花更瘦，秀色依然。

柳梢青·立夏

斗柄新移，三春渐远，九夏初回。落絮无情，飞红有意，此境谁知？

征人一梦天涯，又悟到、良辰未归。举目浓云，暖风阵阵，丝雨霏霏。

柳梢青·七夕有思

远望重霄，彩云托月，众鹊搭桥。乞巧牵魂，银河堕泪，梦路迢迢。

牵牛织女逍遥，趁此夜、重斟绮醪。挚爱贞情，清风送爽，共度良宵。

扫码听音频

柳梢青·清明

细雨连绵，春寒料峭，杜宇声阑。十里垂杨，千家乞火，万井新烟。

踏青还记当年，插柳处、同牵纸鸢。流水无情，飞花有意，落日西山。

柳梢青·元夕

皓月珠圆，高飞瑶界，朗照凡间。美景清寒，良宵不寐，客舍无观。

倚窗遥念乡关，小村里、箫鸣鼓喧。笑语盈街，彩灯夹道，火树冲天。

南歌子·元宵夜

皓月飞霄汉，烟花映碧空。半城灯火满街红，
箫鼓声声欢促舞蛟龙。

南歌子·立冬

北陆今朝始，西风此夜行。小园篱落叹寒英，
闻得暮鸦啼叫两三声。

南歌子·立秋

九夏随风去，三秋带露来。余炎未尽暑难挨，
悦耳蝉声断续绕青槐。

扫码听音频

南歌子·清明

柳絮随风舞，梨花伴雨零。桥头折柳望归莺，又是西山落日映长亭。

南歌子·秋分

日影通南北，金秋一半分。九旻好景此黄昏，正是半山红叶映烟村。

南歌子·除夜

旧岁难留住，新元任悄来。风调雨顺畅吟怀，心似银花火树映楼台。

扫码听音频

南乡子·除夕

陋室清寒，孤灯照影不知眠。独把芳樽难买醉，心碎，只待钟鸣添一岁。

南乡子·立春

斗指寅时，东风客里待春归。短笛轻寒今换律，来日，踏雪寻梅成旧忆。

南乡子·七夕有寄

乞巧心期，鹊桥飞架贯东西。一练横空新吐月，凄绝，几度重逢几度别。

扫码听音频

南乡子·清明

夜雨晨收，梨花落尽絮添愁。几缕晴烟村外燎，谁晓，转瞬飘零春又老。

南乡子·秋分

斗柄西归，九秋半去更相催。雪荻红枫难写绘，如醉，紫蟹银鱼初有味。

南乡子·上元观月

月朗光昭，烟花冉冉上重霄。璀璨流星呈百色，飞逸，化入春灯穿绣陌。

扫码听音频

南乡子

菩萨蛮·除夕

风摇杨柳春光早，几分绿意枝头俏。千里念家园，征人何日还？

烟花千朵泻，照亮新年夜。相聚乐开怀，良辰鸿运来。

菩萨蛮·上元

今宵独对西楼月，素晖满映长空阔。杨柳笑东风，寒梅春意浓。

舞狮双腾越，破谜称奇绝。一夜彩花飞，五更人未归。

扫码听音频

菩萨蛮·冬至

三冬余半杓移北，满池冰镜凝寒碧。昼短驹隙过，宵长绮梦多。

明窗观丽景，皓月留疏影。倦客欲销魂，孤梅先报春。

菩萨蛮·庚子寒食

子规声里春光老，年年祭典知多少？墓畔纸凝灰，宅中烟篆飞。

桥头杨柳絮，堤外梨花雨。细语告先亲，平安佑后人。

菩萨蛮·秋分

　　葭灰初动杓西去，秋光半付东流水。风送嫩寒来，新凉余暑裁。

　　客乡槐梦远，怎奈诗怀倦。柳下暮蝉嘶，声随南雁归。

青玉案·中秋

　　九霄仙界今何夕，静如水、云无迹。万里长空明似碧。广寒宫殿，瑶池岸陌，恍见蓬壶客。

　　升腾已失回天力，伐桂无期斧何急。别恨离愁休再忆。又逢佳节，合家共席，同庆团圆日。

青玉案·九日

　　西风冷落天涯客，故乡远、归无力。独对黄花空笑日。长空如洗，心添飞翼，纸鸢牵秋色。

　　东篱把酒归心惑，旧梦重温冷庭觅。几度寻来难再忆。糍糕分罢，茱萸插得，一醉唯今夕。

扫码听音频

青玉案 · 丙申腊日

鹊声惊梦闲愁织。望帘外、风萧瑟。疏影横斜云半遮。冰葩争艳，冷香暗逸，悄送春消息。

而今我也逍遥客，欲向长空苦无翼。隐凤从来多寞寂。如来参悟，缘于腊日，凄楚谁人识？

扫码听音频

青玉案·除夜

　　东风吹绿金丝柳，更相伴、瓶梅秀。细剪红笺照玉牖。门扉披彩，厅堂除垢，已待新年久。

　　合家高举屠苏酒，共祝亲人福兼寿。此夜无眠双岁守。晓鸡高唱，浮生虚走，往事堪回首。

扫码听音频

青玉案·灯节

今宵共度团圆日，月无缺、明如璧。火树交辉惊玉魄。半城箫鼓，满街游客，花市灯如织。

小桃枝上春风疾，一夜欢声未停息。往昔闲情何处觅？灯前猜谜，柳边凝立，仰望烟花逸。

扫码听音频

青玉案·夏至抒怀

昼长梦短从今日，杏半软、桃含蜜。暑气徐来南渐北。榴花结实，桐荫茂密，夜雨枝头滴。

柳间蝉韵奏轻笛，绿意朦胧远天隔。羽扇轻摇扶杖立，一川晴翠，满湖菡碧，四远荷香逸。

扫码听音频

满庭芳·上元夜

　　箫鼓催春，东风相送，众星齐拥婵娟。白云流彩，舒展自悠闲。闻道瑶池埭岸，玉树下、会聚群仙。霓裳舞，清晖奔泻，薄雾散轻烟。

　　凡间，儿女俏，金钿插鬓，宝钗明鬟。看龙跃长街，谜列灯前。醉客疑游蓬岛，又恍似、梦入桃源。分手处，佳人渐远，唯见夜阑珊。

满庭芳·除夜

今夜无眠，流年将尽，不知春在谁家！几声钟鼓，倾祝四时佳。芳草重生海角，倦客却、愁苦天涯。黄昏意，今年可了，放眼待朝霞。

烟花，如火树，升空竞放，灿烂繁华。愿相伴东风，吹去尘沙。更有轻帆欲举，乘晓日、再上云槎。惊残梦，耳边又响，一曲旧琵琶。

扫码听音频

满庭芳·中秋

　　霜叶飘零，晴空净洗，一轮明月中天。素晖如水，今夜照无眠。莫叹行云迹杳，只秋半、惊觉清寒。东篱外，无风无雨，菊蕊也团团。

　　年年，当此夕，良宵共赴，佳节同欢。任陈酿无多，往事飞烟。绮梦唤人兴起，凭栏处、桂影婵娟。怜宫阙，重阳屈指，云岫等闲看。

清平乐·端午有感

晓来雨歇，浣染榴花血。晚萼如霞燃欲裂，争艳浴兰时节。

遥思战国支分，谁能一统乾坤。枉负《九歌》浩气，空留浪底忠魂。

清平乐·庚子除夕

寒梅送信，风雪垂杨润。五十七年随腊尽，怯见镜中霜鬓。

今宵守岁华堂，闲愁总会牵肠。少小疏狂疏纵，老来知味知方。

扫码听音频

清平乐·腊日

天寒腊日，白雪弥阡陌。竹外丛梅香远逸，香蕚频传春息。

一年又尽残冬，小园静待东风。举目乱云争渡，云笺分付飞鸿。

清平乐·清明

东风何意，梨雨长亭坠。勾起情丝心远寄，一梦魂归故里。

斜晖影动秋千，愁莺啼破寒天。野陌争挑荠菜，长街竞买糕团。

扫码听音频

清平乐·秋节

乾坤皎洁，宝镜圆无缺。淡淡素晖清似雪，冷露消凝桐叶。

蟾宫桂影婆娑，繁星满缀金波。转眼九秋过半，算来欢少愁多。

清平乐·元夕感怀

残梅妒月，此夕圆无缺。焰火冲天腾不歇，箫鼓欢歌称绝。

儿时顽劣无知，而今老态卑微。辜负华灯不赏，自斟薄酒盈杯。

扫码听音频

晴偏好·除夕

东风和煦催年到，千门万户春联妙。华灯照，银花火树通宵闹。

晴偏好·戊戌除夕

黎明时刻金鸡叫，声随瑞犬迎新闹。春来到，晴天朗日时光好。

扫码听音频

晴偏好 · 冬至

阴阳轮至冬几度，金乌又返回头路。琼霙舞，亭前数九观梅树。

晴偏好 · 清明

槐烟几缕丘山里，梨花落尽闲愁起。长门闭，秋千荡影长丝曳。

扫码听音频

晴偏好 · 秋分丝雨

郊园光景秋分半，潇潇细雨轻飔漫。凌窗幔，新凉入梦愁思乱。

晴偏好 · 元宵夜

一轮明月光如璟，灯花火树通宵映。观飞镜，圆合碎璧皆天定。

扫码听音频

晴偏好

秋波媚·丁酉元夕

长叹虚生苦难消，几度庆元宵。去年元夜，天涯遗我，道是无聊。

今年情事何时了？把酒向重霄。彩灯盏盏，烟花束束，圆月昭昭。

秋波媚·端午

千里湘沅万重云，梅雨洗尘痕。小荷初立，榴花半吐，艾草悬门。

楚秦旧事凭谁说？古俗至今存。臂缠彩线，鬓环钗符，粽祭江滨。

扫码听音频

— 096 —

秋波媚·清明

　　杨柳堆烟子规啼，细雨助相思。桃霞渐落，杏云浅淡，梨雪还飞。

　　木兰依旧随春老，莫叹柳花迟。踏青人远，无边草色，满目游丝。

秋波媚·清明

　　杜宇啼魂叹春休，乱絮绕楼头。梨花满径，海棠零落，榆叶圜丘。

　　斜晖晚照秋千影，羁客不知愁。梦中插柳，风前放鹞，雨后登舟。

秋波媚·社日有怀

心事从来不言中，疏髯寄西风。三秋过半，故人远去，老泪蒙瞳。

今逢社日停针线，久久望遥空。流云淡淡，飞鸿杳杳，玄鸟匆匆。

秋波媚·中秋

霄汉云收玉轮升，斗柄正西倾。九秋半老，十分璧合，万里澄明。

今宵正是团圞好，浥露暗生情。一壶陈酿，花间独坐，莫惜三更。

扫码听音频

秋风清（反韵）·辛丑除夕

迎新岁，人难寐。沈牛子夜来，家鹿三更退。闻得鸡鸣舞未休，纳新佳酒焉能醉。

秋风清（反韵）·元宵夜

元宵月，明无缺。火城不夜天，灯市人潮沸。欢喜双狮舞绣球，更随歌板称奇绝。

秋风清·春分

清风吹，红雨飞。玉柄已东指，兰堂玄鸟归。
城南崔护应生憾，玉人不见候柴扉。

秋风清·冬至

杓北去，日南行。黄钟知律意，白雪唤诗情。
红泥炉火初温酒，新插瓶梅待远朋。

扫码听音频

— 100 —

秋风清 · 立秋

　　三夏去，九秋回。开帘凉渐入，挥扇伏将离。轻风驱暑炎无尽，丝雨侵桐蝉韵悲。

秋风清 · 清明

　　槐烟纷，榆火新。丘上一抔土，人间几度春。梨花零作风中絮，香泥化入谁家坟？

扫码听音频

鹊桥仙·七夕

云槎泛海，星桥渡浪，多少感人故事。痴情儿女结良缘，竞此刻、鲛珠洒地。

天成佳偶，相濡以沫，莫道山盟海誓。今宵再度喜重逢，胜厮守、年年岁岁。

鹊桥仙·上元寄情

天涯恨远，苟求芳信，旧梦成真难卜。去年灯影总关情，只今日、还期重续。

东君送暖，蟾宫映碧，焰火星光锦簇。春潮正涌起弦歌，月无缺、深杯同祝。

扫码听音频

鹊桥仙·七夕

求签问卜，望穿秋水，只盼长桥厮守。梦中同叙别离愁，醒来却、空帏依旧。

良宵尽享，星河共渡，月下含情牵手。亦惊亦喜亦添忧，怕重会、容颜又瘦。

鹊桥仙·丙申七夕

浮云缥缈，流星闪耀，弯月闲愁未了。鹊桥两岸渡难求，恨王母、挥钗拦棹。

多情儿女，求鱼托雁，难解一年苦恼。柔情似水两心通，待今夕、金针乞巧。

鹊桥仙·丙申七夕有思

孤灯淡影，银河印月，玉宇珠晖闪烁。谁怜映我一流星，正孤独、天边坠落。

牵牛织女，鹊桥期会，重诉别离寂寞。新欢应比旧愁多，又添了、何言一诺。

鹊桥仙·除夕

千门笑语，万家灯火，乐见新春晚会。微商彩信自轻狂，只欠些、曾经年味。

走亲串户，高堂贺岁，最喜更深不睡。通宵花炮满天霞，那已是、儿时情意。

扫码听音频

人月圆·元宵节

东风渐展青枝柳，大地又春天。上元佳节，天高云淡，朗月清圆。

观灯猜谜，秧歌街舞，鼓乐齐喧。银花火树，龙腾狮跃，一夜狂欢。

人月圆·元宵夜

春风吹绿街前柳，今夜去年同。银花竞放，星光数点，皓月当空。

龙衔火树，鸡腾翠羽，鼓乐隆咚。三更灯市，千门笑语，万巷情浓。

扫码听音频

人月圆·除夜

东风吹过春来早，除夕夜通明。华灯映雪，银花竞放，爆竹争鸣。

新春晚会，千门笑语，万户欢声。团圆饺子，合家喜气，共庆升平。

人月圆·寒食

流莺啼绿门前柳，乱絮满天飞。风前惆怅，云中缱绻，雨里徘徊。

旧情未了，新愁又续，何事伤悲？今逢寒食，灵香一炷，素酒三杯。

扫码听音频

人月圆·立冬

蓼风吹送秋光老，莫道雪来迟。庭前枯柳，
疏枝落索，乱叶徘徊。

鹊声惊梦，霜披鸳瓦，雾锁檐楣。扶藜慢踱，
炉温第舍，酒别东篱。

人月圆·中秋月

每逢秋节霜华碧，桂影百般娇。宿云无迹，
流晖万里，浣洗重霄。

寒生竹簟，蛩吟草际，露点林梢。一年好月，
三秋胜景，尽在今宵。

扫码听音频

人月圆

念奴娇·元宵夜

　　登台翘首，见星河之上，一轮圆月。高挂晴空天不夜，万里白云飞雪。素魄凌霄，银盘覆地，万斛金波阔。琼楼玉宇，彩灯流影奇绝。

　　人涌巷尾街头，比肩接踵，龙舞狮腾越。春满千门神气爽，照耀万家心悦。今夕澄明，来朝洁美，户户圆无缺。踏歌观桂，普天同庆佳节。

扫码听音频

念奴娇·中秋

　　登楼放眼，见云迹虚缈，淡烟飞絮。冷浸秋空分外碧，带走几多闲绪。星斗凝晖，银河渡浅，我欲乘风去。凌云踏露，遍游仙苑殿宇。

　　遥念修道吴刚，终生罚戒，斫桂难停斧。天上寒宫唯寂寞，谁问嫦娥清苦。今夜风清，举杯邀月，共影成三舞。管弦声远，但闻催动更鼓。

念奴娇·除夜

　　东风临户，趁春酣未醒，几分寒瑟。闲事残年应尽了，莫待夕阳销匿。利禄云烟，虚名幻梦，散去休追获。漫天星斗，奈何今夜相得。

　　夜永愁月他乡，归程几阻，肠断天涯客。辜负雄鸡高唱晓，目尽烟花星熠。况有梅香，怡情添色，趁醉寻芳迹。耳闻仙乐，不知何处横笛。

扫码听音频

念奴娇·立冬有感

斗回西北，就匆匆换了，小园秋季。菡萏香销今已老，几许折茎斜坠。往事如烟，愁情似梦，岁月随风逝。一年好景，悄然颜失色褪。

顷刻知了无言，暗蛩疏语，野雉皆投水。冷雨涤除尘世怨，却又添些寒意。遥念东篱，残枝散乱，尽失重阳媚。不知陶令，此时何处吟醉？

如梦令·中秋夜

今夕星多云少，一片玉轮清皓。举酒向青天，尽减几丝烦恼。相照，相照，但得素心安好。

如梦令·中秋月

又是一年秋好，赏月合家携老。碧海泛金波，总有乱云飞绕。虚缈，虚缈，快吐玉盘高照。

扫码听音频

如梦令·端午

又是浴兰时节，江畔鼓喧人沸。角黍慰冤魂，争渡莫催兰楫。凌越，凌越，一路伴飞鸧鸹。

如梦令·腊日观梅

不恨风催残岁，最喜雪中情味。寻句向梅岑，忽有暗香侵鼻。迷醉，迷醉，满眼绮葩争媚。

扫码听音频

山花子·除夕

一岁新增一岁除，家家例换旧门符。春色随风上梅萼，淡香舒。

今夕扶藜遥雪蕊，明朝揽镜对霜须。唯愿苦愁从此逝，怨忧无。

山花子·重阳

冷夜惊风拂面来，丹枫零落满长街。听得寒蛩井栏泣，共生哀。

带笑菊花开院角，远行游子走天涯。离恨别情何处诉，独登台。

扫码听音频

山花子·立春

　　伫立楼头眺七辰，斗杓东转柄回寅。旧梦已随残雪尽，悄无痕。

　　断雁先飞难逐鹤，寒梅半落不争春。几日桃花重绽笑，问东君。

山花子·人日赏梅

　　春入家山梦未圆，恰逢人日艳阳天。杖履老夫信步去，觅癯仙。

　　小驻长堤花海望，冰葩片片俏争妍。更有东风知我意，淡香绵。

山花子·元宵节

万朵烟花探九霄，一番春信上梅梢。玉镜高悬明夜色，渡云涛。

户纳吉祥锣鼓敲，门迎富贵彩灯烧。仙界凡间同此夕，闹元宵。

山花子·中秋对月

秋色平分八月中，青屏明镜衬瑶空。万里虚空云无迹，更无风。

三十六旬今夜好，林间坠叶露华浓。桂影婆娑飞梦远，念蟾宫。

扫码听音频

— 116 —

上西楼·丙申元夕

低吟独倚帏帘，望瑶天。今夜素娥临镜为谁圆？

心头苦，凭谁主，默无言。辜负万家灯火映婵娟。

上西楼·丁酉元旦

钟声振响长天，月如船。惊破梦中佳境、故乡还。

心半老，情难了，路维艰。愿得纵情常笑、度新年。

上西楼·冬至

一阳暗动葭灰，日南归。伴有玉轮如镜梦高飞。

冬过半，雪方见，点红梅。二十四番花信又轮回。

上西楼·花朝节

东风千里迢迢，喜相邀。暗送一年春色在花朝。

桃香散，杏枝绽，柳潇潇。拂动满堤金缕乱丝飘。

扫码听音频

上西楼·立春

东风已过长堤，荡烟溪。清晓剪裁垂柳恰逢时。

笑桃李，欲争媚，恐延迟。犹有淡然红蕾俏梅枝。

上西楼·七夕

良宵共叙前缘，奈何天。纵是瞬间辞别也欣然。

翠羽散，鹊桥断，苦无言。再叙贞情离绪隔长年。

上西楼 · 秋分感怀

斗杓西眺长空，唤秋风。吹乱满山金翠半坡红。

南飞雁，啼声断，去匆匆。唯叹诗情浓郁笔难从。

上西楼 · 戊戌除夜

春来旧去新生，望天庭。呼唤云中鸡犬、共飞腾。

雨雪路，休拦住，故园情。今夕合家擎酒、庆升平。

扫码听音频

少年游 · 上元怀旧

村头翠柳待春风，锣鼓震苍穹。烟花几簇，星光万点，皓月映长空。

儿时旧地应犹在，往事忆从容。高举灯笼，遍游人海，倩影梦萦中。

少年游 · 除夕

东风送信暖拂门，尽扫去年尘。青丝才染，霜痕又露，乱绪惹愁人。

闲情未挽残阳落，琐事总缠身。独坐良宵，难生雅兴，懒散对金樽。

少年游·端午

雨催晚萼秀新姿，恰在浴兰时。胸衔香佩，腰缠艾虎，双鬓乱钗垂。

《九歌》吟罢愁思起，把杖赴江堤。画鼓声催，骚魂何处？洒酒自空悲。

少年游·七夕

天孙河鼓各东西，隔岸望余晖。韶华一瞬，暮云千里，聚散一年期。

云槎翠羽浮星渚，此夕怕言归。未断前缘，两情如故，七七乐相随。

扫码听音频

少年游·社日喜雨

早春景色雨如痴，社日更霏霏。梅枝半落，杏腮初绽，柳目笑依依。

迟来双燕谁家去，往返似徘徊。回首重门，夕阳无限，梦掩旧乌衣。

少年游·中秋

暮云收尽玉轮升，斗柄恰西倾。碧空新洗，秋容半老，少了旧时情。

阴晴圆缺曾几度，今夕最澄明。南陆思归，东篱漫剪，把盏眺天庭。

苏幕遮 · 上元

望苍穹，观月桂。千里晴空，素色横无际。
今夜蟾宫唯静丽。可有闲心，了却尘封事。

故乡遥，情远寄。好借春风，梦入桑梓地。
十里长街灯火汇。未问同游，新谜能猜几？

苏幕遮 · 除夜

故乡遥，音信杳。鸿雁归程，总被相思扰。
寄意东君愁苦少。两岁宵分，独向寒梅笑。

鬓丝霜，心未老。昨是今非，更待何时了。
窗外惊闻鸡唱晓。心许来年，应比旧年好。

扫码听音频

— 124 —

苏幕遮·端午

石榴妍，梅子熟。麦浪滔天，流翠翻新绿。
莫忘先贤留旧俗。为祭冤魂，重五年年复。

黍包金，蒲泛玉。紫气徐来，老少争兰浴。
《天问》闲翻心未足。半盏雄黄，可助文心馥。

苏幕遮·秋节有寄

斗瞻西，秋节寄。玉魄中天，云霭飘无际。
一道清晖柔似水。梦里乡愁，恍似晴川洗。

念吴刚，空有志。斤斧无停，竟日频征桂。
水调高歌吟兴起。醉在今宵，莫问明朝事。

苏幕遮

天仙子 · 戊戌上元

元夕何须烟火爆，一轮圆月高空照。春宵瑞彩万家欢，龙竞跳，鼓喧叫，似海繁星灯市闹。

天仙子 · 七夕

仰望星河七月七，鹊桥相会长空碧。今宵执手叹无言，愁未释，怨如织，剩有柔情残梦忆。

扫码听音频

天仙子·秋分

斗柄西归秋过半，湿云凝雨凉飔漫。庭梧知老叶先衰，蝉露染，蓼风剪，苦味含红心向远。

天仙子·戊戌除夜

怒放冬梅心意暖，竹鸣鸡唱呼金犬。三更岁尽喜盈门，年夜饭，看春晚，互祝亲人谐宿愿。

天仙子·夏至

斗柄归南年近半，落红深翠蚕成茧。蝉依岸柳试新声，情未断，梦还远，独步荷塘谁作伴？

天仙子·丙申谷日

料峭春寒天未曙，别家游子思登路。阴云列阵锁愁城，千缕绪，万言语，好伴春光何处去。

扫码听音频

水龙吟·上元

　　碧空朗夜无尘，风邀云去三千里。故园已是，梅香满院，清晖一地。巷北街南，车流花海，人潮灯市。更焰光五彩，霓虹七色，双龙舞，金珠戏。

　　应念天涯游子，竟如今、倚窗孤对。良宵一晌，灯前猜谜，佳期犹记。试问天公，无情霾晦，何时晴霁？待乌云散后，朝霞吐灿，拭思亲泪。

水龙吟·庚子除夜

腊梅又遇和风，庭前吹去枝头雪。英姿始露，冷香淡吐，春情欲发。倦客天涯，思乡望极，归心如铁。有东君相伴，云槎一路，接家鹿，迎佳节。

焰火光同新月，向长空、不分圆缺。映天五彩，声传千里，满怀激越。把酒今宵，迎新辞旧，俗尘更迭。趁残更待尽，雄鸡未醒，剪愁云绝。

扫码听音频

水龙吟·清明怀念慈父

夜来冷雨添忧，梨花零落飘无计。荒原润染，野坡踟蹰，旧碑迷坠。举目丘山，微云淡扫，愁情时起。正哀思无限，孤怀介子，乞薪火，思先世。

奉上心香一瓣，拜坟前、两行清泪。追思慈父，毕生辛苦，终身劳累。含笑九泉，阴阳永隔，深恩难寄。愿天堂安好，相逢梦里，远凡尘事。

扫码听音频

水龙吟

水龙吟·辛丑小年华厦年会

岁殍消尽寒风，鼓鸣残腊催冬逝。纵观九宇，夕阳半落，暮云千里。积雪新融，娇梅暗吐，燕飞烟际。算年关匆促，征程坎坷，梦依旧，心难遂。

廿九春秋弹指，想当初、仰凭知己。既无背景，更无先业，何其豪气。喜看今朝，结群才俊，满堂仁士。恰春风得意，金樽共举，展英雄志。

扫码听音频

乌夜啼·中秋月

酒后凭栏处，清晖助兴吟哦。客心梦浅归期误，飞镜为谁磨？

皓月今宵最好，秋光一半虚过。人生苦乐情难托，旧怨莫言多。

乌夜啼·冬至

亚岁如期到，春光蕴在寒梅。斗杓移转星沉北，正送日南回。

七十二候欲尽，廿四芳信将归。年光漫道随风尽，一笑待晨晖。

扫码听音频

乌夜啼·端午

细雨催榴绽，朱明一半东流。今朝懒向湘沅望，白鹭戏滩头。

久读《离骚》不解，闲来独上兰舟。年年角黍投江底，屈子可曾收？

乌夜啼·伏日观荷

伏日闲无事，揽舟直向莲池。凌波翠盖悠然立，摇曳淡香飞。

忽有锦鳞跃起，惊呆半裸红衣。靓姿柔弱娇无力，顾影比西施。

扫码听音频

乌夜啼·七夕

隔岸遥相望，无边无际青冥。伤心旧梦经年久，浅水绕天庭。

乌鹊善知人意，喜渡银汉双星。鲛珠挥洒随雨落，一夜几多情。

乌夜啼·元夕

入夜云无际，一轮皓月中天。千门灯火金樽满，笑语荡华轩。

焰火飞星流雨，光莹曲槛雕栏。龙腾虎跃长街舞，美景更无前。

西江月·戊戌除夕

待晓鸡鸣辞岁，凌晨犬跃迎年。烟花乱爆振长天，唤醒春风送暖。

万户驱魔祈福，千门守岁求安。合家举酒庆团圆，照眼窗花共剪。

扫码听音频

西江月·元宵节

玉宇三更星灿，银河万里晖明。烟花火树竞相争，影幻蟾宫鸾镜。

赏月人欢灯市，踏歌龙舞花城。登楼放眼望天庭，恍入蓬壶胜境。

扫码听音频

西江月·中秋节

　　浩宇星稀云淡，深潭水静波平。一轮玉璧镜中明，冷浸秋宵明净。

　　我欲乘鸾邀月，自兼三客豪情。水晶宫里桂华腾，阵阵凉风弄影。

西江月·清明

　　榆火青枫红雨，槐烟绿柏黄昏。谁怜山外百家坟，鸦影深林隐遁。

　　千里思乡插柳，三更入梦啼痕。梨花渐落絮纷纷，大好春光欲尽。

西江月·社日

丝雨轻梳新叶，微风拂动林花。去年旧燕落谁家，恰是芳邻春社。

应叹三春余半，燕儿难得闲暇。踏青人远向天涯，回首残阳西下。

扫码听音频

西江月·元旦

残雪尚存冬冷，东风犹带春寒。朝阳红吐远方天，莫待明朝观看。

绚丽龙灯飞舞，激情锣鼓声喧。秧歌列队扭蹁跹，直达新元晨旦。

一剪梅·除月

爆竹连声惊醒春，雪落西楼，梅引东君。
年华乐驻此良辰，箫鼓声声，歌舞纷纷。

新换桃符喜满门，共庆双年，畅饮千樽。
盘中滋味苦酸辛，待启新风，满目祥云。

一剪梅·花朝节

　　斗柄瞻东一半春，冻草还青，柳叶萌新。
残梅老去化香泥，百卉生朝，五彩缤纷。

　　社燕迟来望故人，梁上牵情，帘外伤神。
踏青人远几时回？蝶梦难圆，久负良辰。

一剪梅·清明

伫立楼头望故园，榆火新燃，接引归船。
流莺啼柳叹春残，絮雪翩翩，红雨绵绵。

喜看新晴草映天，一抹青山，几缕槐烟。
东风得意戏纸鸢，把酒言欢，又荡秋千。

扫码听音频

一剪梅·元夕

束束烟花啸紫穹，光耀银河，声达蟾宫。
人间天上共今宵，玉兔迷茫，桂影朦胧。

百戏鱼龙各不同，千陌通明，万巷灯红。
龙腾虎跃夜无眠，喜望银盘，醉在春风。

扫码听音频

一剪梅·中秋望月

月到中秋分外明，雁阵南行，斗柄西倾。
清晖洒落寂无声，光彻虚庭，影印长亭。

仰望蟾宫故作情，露点青荧，彩衬轻盈。
吴刚伐桂度余生，斧斤休停，苦恨难平。

扫码听音频

忆江南·除夕

云纱纱，疏影对华灯。院冷难寻三径草，
杯深好寄两年情，钟鼓莫催更。

忆江南·伏日喜雨

长夏日，倦柳隐嘶蝉。六月欣逢连宿雨，
三庚细数立秋天，小扇未休闲。

扫码听音频

忆江南

忆江南·立秋

沉梦断，独坐学山僧。一叶知秋桐叶落，三庚至夏伏热蒸，近晓待风清。

忆江南·清明

春渐老，草色漫长堤。半树梨花随雨落，满天柳絮伴风飞，短笛送斜晖。

忆江南·元夜

三五夜，万井竞欢声。七宝香车追皓月，九华宫阙仰明灯，焰火耀春城。

忆江南·中秋

良宵夜，皓魄倍分明。万里长空金镜灿，一轮圆璧玉壶清，小酌到三更。

扫码听音频

忆少年 · 九日

登台翘首，枫林赤染，芦花铺雪。斜阳几升落，又重阳佳节。

菊酒陈年香气烈，与谁饮、信疏音绝。思君许多载，伴芳年华月。

忆少年 · 立夏喜雨

风摇翠扇，风消酷暑，风撩心结。山塘路遥远，苦焦炎难歇。

远岫云低雷乍咽，送甘霖、雨丝飘泄。辛劳一时忘，享清凉愉悦。

扫码听音频

忆王孙·上元

　　一轮皓月照当空，焰火华灯相映红，锣钹喧天腰鼓隆。舞长龙，绽放心花笑语中。

忆王孙·重阳

　　秋风飒飒自轻狂，俏染丹枫送菊芳，日近重阳更怆伤。欲还乡，何处登高释庾肠。

扫码听音频

忆王孙

忆王孙·除夕

客乡不觉岁时迁，醉里挑灯旧梦翻，欲驾春风绕小园。到乡关，共饮屠苏贺大年。

忆王孙·伏日

朱明老去暑难从，倦柳垂丝意已慵，蝉啸高枝震耳聋。倚帘栊，静享微凉断续风。

扫码听音频

忆王孙·立冬

西风萧瑟暗辞秋，北陆初回雨不休，明日黄花逐水流。更牵愁，酒暖红炉隐小楼。

忆王孙·秋分

点点雁影没云中，阵阵啼声断碧空，漠漠霜林飒飒风。映江枫，半是金黄半是红。

扫码听音频

忆馀杭·七夕

弯月新秋，天上人间七月七，牛郎织女渡星桥，玉练跨云霄。

暮思朝想长相聚，几许素情乱心绪。一宵沉醉苦难消，洒泪再诚邀。

忆馀杭·丙申元夕

敧枕听箫，遥念当年元夕夜，游人如织灯如潮，烟火更昭昭。

旧时风景成空忆，顾影欲飞苦无翼。一年羁旅半生愁，此恨几时休？

扫码听音频

忆馀杭 · 春分

　　时润纤条，柳色添青春过半，杨花乱度对风悲，远梦唤无回。

　　子规桃渡寻秦迹，不见去年武陵客。几声啼唤惹轻雷，欲借草蓑披。

忆馀杭 · 己亥除夕

　　新换桃符，剪绿裁红妆户牖，庭前更有蜡梅芬，香气正迎春。

　　会心醇酒千杯少，醉后醒来东方晓。烛花空落岁华流，五十六年头。

扫码听音频

忆馀杭·立冬

寒气初来，游雾弥天霜溢地，疏枝败叶叹西风，诗绪寄三冬。

野鸡投水无踪迹，大泊结冰䨮新立。远山宁静亦关情，翘想会玄冥。

忆馀杭·社日

佳节应期，日朗风轻春半老，回青柳叶展新姿，桃李竞芳菲。

尽欢春社才呼散，未见去年旧时燕。蓦然回首乱莺飞，倩影没残晖。

扫码听音频

忆馀杭·中秋

飞镜中天，斗柄西归秋过半，流光似水自潇潇，浩浩挂云霄。

苇风摇叶青帘动，始觉爽凉露华重。玉轮千古百般娇，万里共良宵。

扫码听音频

永遇乐·除夜

遥夜难眠，烟花堪数，光映云碧。逝水年华，东君伴送，欲往何须急。迎新钱旧，愁消苦淡，莫道雪残风瑟。有梅花、清香还溢，尚能伴我孤寂。

桃符旧换，屠苏新酿，只是相期春色。剪烛西窗，系舟南浦，留梦天涯客。岁随宵尽，星移斗转，今夕已成昨夕。五更过、雄鸡一唱，远空渐白。

扫码听音频

— 158 —

永遇乐·丁酉小年华厦年会

佳会如初，祥风依旧，辞旧欢聚。巧绘蓝图，精雕峻宇，鲁斧楼台塑。匠心独运，群英荟萃，奇案妙方无数。看今朝、风华正举，首推华厦儿女。

萧条逆境，维艰时候，风雨同舟共渡。廿五年光，征程携手，齐唱英雄谱。志存高远，同心勠力，过隘闯关一路。贺新岁、龙腾万里，岂能俱虎。

扫码听音频

永遇乐·重阳节

重九辞青，雾遮津渡，云锁归路。纵有闲情，难留雁返，依旧衡阳去。西风萧瑟，残荷冷落，处处惹生愁绪。映红枫、晴光荇爽，正堪笑谈秋暮。

他乡异客，相思何苦？枉有狂言壮语。别恨无端，柔肠千结，唯向茱萸诉。梦中寻迹，醒时难续，枕上泪痕几许。夫已老、空怀远志，菊花辜负。

扫码听音频

渔歌子·戊戌除夕

把酒何忧岁月催，东风得意唤春归。迎玉犬，送金鸡，还凭新笔颂祥祺。

渔歌子·新年

今夕烟花不夜天 ，明朝阡陌换春颜。金女揽，孝男牵，穿街走巷拜新年。

扫码听音频

渔歌子·元宵夜

火树腾空散落花，千门明月对灯华。歌舞美，管弦佳，春风满座醉全家。

渔歌子·冬至

数九深冬雪未瞻，暗香浮动瘦枝纤。杓向北，日归南，新裁锦句入诗奁。

渔歌子·腊日

数九寒天此胜时，一年佳景在江梅。桃李色，雪霜姿，冰葩片片俏南枝。

渔歌子·中秋

宝镜新磨自在飞，一年离合几盈亏。逢朗夜，赏清晖，秋光此际最相思。

虞美人·立春

东君轻步临寒膲，更显红梅秀。斗杓耀引土牛来，千里川原如锦任伊裁。

一园胜景呼吟客，笔润乌云墨。开怀举酒品辛盘，万象更新佳句落蛮笺。

虞美人·上元寄远

烟花璀璨撩宫阙，荡动云追月。空中七彩任逍遥，映照万家灯火共良宵。

紫姑未了尘缘事，留梦春风里。庭前疏影不知愁，喜看玉轮高挂玉楼头。

扫码听音频

虞美人·己亥元旦

去年心事焉能了，苦乐知多少。桃符艳彩换门扉，且待东风携雨送春归。

钟声一响从头数，五六浮生度。举杯共庆岁华增，但愿明朝风雨放天晴。

虞美人·中秋

晴光万里云无迹，桂影凝清碧。三秋过半斗西倾，圆月高悬今夜最分明。

盈亏有序情难寄，小酌同谁醉？人间天上共中秋，欲问广寒宫里可无愁。

玉楼春·元宵节

篱落玉妃香气吐，春意已由杨柳露。震天箫鼓响通宵，七彩繁星披满树。

人海群中狮对舞，千盏灯前连笑语。冰轮高挂九霄霜，尽洒祥晖临万户。

玉楼春·丙申除夜

人似夕阳将近暮，应恨残年留不住。屠苏佳酒醉今宵，冷艳瓶梅香暗吐。

昔日辛酸随旧去，今夜关情双岁度。已知鬓角又添霜，只待闻鸡还起舞。

扫码听音频

玉楼春·春分

斗柄归壬春过半，细雨轻寒风送暖。溪边枯柳又回青，驿外残梅娇色浅。

雁阵穿云飞渐远，梦里锦书何处见。纸鸢展翅向长空，欲觅桃源唯恨晚。

玉楼春·秋分

律动葭灰秋过半，昼夜均平嫌日短。几分凉意入帏屏，一抹残阳浮泽畔。

霜染苍梧金灿灿，露洒江枫红漫漫，寒蝉抱柳自空悲，归雁高飞心寄远。

玉楼春·元夕夜

簇簇烟花纷七色，盏盏华灯连九陌。家家深爱举金杯，对对情人观玉魄。

猜谜引来南北客，火树银花飞不息。回眸一笑记当初，笑语盈盈何处觅。

玉楼春·中秋节

斗柄沉西秋节至，露重霜轻空似洗。蟾宫无寐怨尤多，霄汉云消风不起。

新镜几回飞梦里，陈酿一壶须尽醉。今生今夜月浑圆，但乞明年光更媚。

扫码听音频

珠帘卷·上元

春风度，映清辉。疏杨弄影低垂。天上烟花流翠，缤纷星斗飞。

狮舞绣球腾跃，龙灯逐浪相追。灯谜更招喧笑，天不夜，勿思归。

珠帘卷·除夜

东风缓，雪痕残。斜阳静隐西山。唯有情思难断，今宵分两年。

愁破晓鸡鸣月，伤留旧岁长天。余恨别情犹梦，俱远逝，奔新元。

珠帘卷·腊日感怀

严冬尽，待年更。家家喜做粥羹。开口频添佳句，炉前传笑声。

难忘少时情趣，酸甜苦辣休争。良俗百年沿袭，思远客，对孤灯。

珠帘卷·立冬

三秋尽，九冬回。玄冥暗渡星魁，凉雨轻敲残叶，寒风吹疏枝。

春色远离西陆，秋光眷恋东篱。多少俗尘凡事，情未了，梦犹痴。

扫码听音频

珠帘卷·清明

风寒峭，雨珠纷。梨花落尽残春。榆火周传乡里，秋千空旧邻。

遥奠一杯新酿，扶碑更著啼痕。多少负恩思念，唯梦里，见先亲。

珠帘卷·中秋遣怀

秋蝉息，暮云收。瑶空不胜清幽。今夜相思何处，蟾光过小楼。

人算莫如天算，嫦娥未得风流。唯愿物华长久，逢好景，为君留。

扫码听音频

醉春风·上元

月上良宵美，清晖明似水。银洒玉照琼楼，媚，媚，媚，千束烟花，五颜奇幻，盖天遮地。

去岁猜灯谜，今宵犹可记。飘然酒后更思亲，醉，醉，醉。情寄他乡，夜深人远，梦中佳会。

扫码听音频

醉春风·立夏

蚯蚓忙松土，青蛙争击鼓。熏风送暖百花残，暑，暑，暑。剩有荼蘼，尚存娇色，独守春暮。

曲径飞红雨，回栏飘粉絮。芳辰着意伴东君，去，去，去。几许幽情，几多痴梦，欲同谁诉？

扫码听音频

水调歌头·庚子小年华厦年会

积雪未消尽，残腊欲收官。东风何意迟误，春意驻青山。放眼湖边小筑，应有桃腮柳眼，丽影俏疏栏。更有鹊声起，喜气踏梅喧。

群英会，怀旧梦，话流年。满堂才隽，厉兵秣马正摩拳。忆昔时艰共克，望远同舟风雨，都付笑谈间。但祈人常健，举酒共沉酣。

扫码听音频

水调歌头·庚子春社日有感

星斗已移转，尘世又春时。玉龙今潜何处，云里唤朝晖。碧柳纤条风剪，紫李柔枝雨洗，树杪鹨鸪啼。放眼九衢路，树影印长堤。

望江城，疫未灭，孽还栖。蜗居何等凄楚，佳节不能归。好借社神吉日，祈盼晴空丽彩，招手鹤飞回。但愿人长健，大地渐芳菲。

水调歌头·中秋节

月满九霄净，云淡五更幽。今宵仙境凡间，同乐庆中秋。偷药求来寂冷，伐桂难辞孤苦，久做广寒囚。玉兔欲相问，此恨几时休。

映松姿，掩竹影，照琼楼。清风万里，穿云飞向碧空游。笑看黄花吐艳，更喜红枫漫舞，古调唱风流。把酒向苍宇，不醉又何求。

扫码听音频

水调歌头·上元节

今夜有佳色，千点蜡光萦。玉盘飘动桂影，挥袖洒繁星。箫鼓催春激切，杯盏当筵交错，畅饮到三更。香气漫花市，火树接平明。

绕堤湾，映远岸，倚长亭。流年逝水，此处长忆少年情。宝马香车远逝，雪柳娥儿素淡，执手对红灯。笑语旧时事，梦里可追凭。

扫码听音频

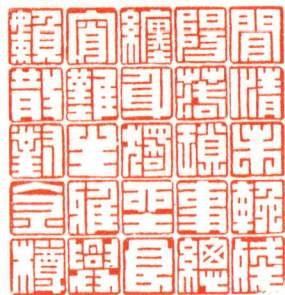

少年游·除夕

东风送信暖拂门，尽扫去年尘。青丝才染，
霜痕又露，乱绪惹愁人。

闲情未挽残阳落，琐事总缠身。独坐良宵，
难生雅兴，懒散对金樽。

忆江南·除夕

　　云缈缈，疏影对华灯。院冷难寻三径草，杯深好寄两年情，钟鼓莫催更。

菩萨蛮·除夕

　　风摇杨柳春光早，几分绿意枝头俏。千里念家园，征人何日还？

　　烟花千朵泻，照亮新年夜。相聚乐开怀，良辰鸿运来。

山花子·立春

仁立楼头眺七辰，斗杓东转柄回寅。旧梦已随残雪尽，悄无痕。

断雁先飞难逐鹤，寒梅半落不争春。几日桃花重绽笑，问东君。

南歌子·元宵夜

皓月飞霄汉，烟花映碧空。半城灯火满街红，箫鼓声声欢促、舞蛟龙。

采桑子 · 上元

梅林枝上春来早，又遇东风，花影凌空，暗送清幽香气浓。

良宵景色明如昼，竟举灯笼，舞跃长龙，万户千门一片红。

上西楼·花朝节

东风千里迢迢，喜相邀。暗送一年春色在花朝。

桃香散，杏枝绽，柳潇潇。拂动满堤金缕乱丝飘。

西江月·社日

　　丝雨轻梳新叶，微风拂动林花。去年旧燕落谁家，恰是芳邻春社。

　　应叹三春余半，燕儿难得闲暇。踏青人远向天涯，回首残阳西下。

卜算子·春分有感

弹指数归期，梦浅追无处。玄鸟回巢未见君，无奈生愁绪。

夜听海棠风，朝看梨花雨。惆怅三春一半休，意冷同谁诉？

晴偏好 · 清明

槐烟几缕丘山里，梨花落尽闲愁起。长门闭，
秋千荡影长丝曳。

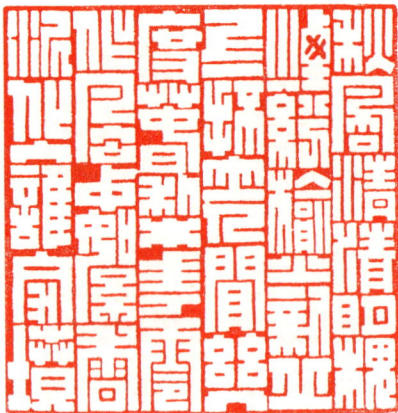

秋风清 · 清明

槐烟纷，榆火新。丘上一抔土，人间几度春。

梨花零作风中絮，香泥化入谁家坟？

南歌子·立夏

舍外飞雏燕，阶前漫落红。黄莺无语眷春风，
唯有楝花开处晚香浓。

江城子 · 端午

　　绿裁烟翠彩成丛。浣花红，映长空。菖蒲
独酌，骚怨起心中。莫问楚魂今在否，投角黍，
酹江风。

清平乐·端午有感

晓来雨歇，浣染榴花血。晚苇如霞燃欲裂，争艳浴兰时节。

遥思战国支分，谁能一统乾坤。枉负《九歌》浩气，空留浪底忠魂。

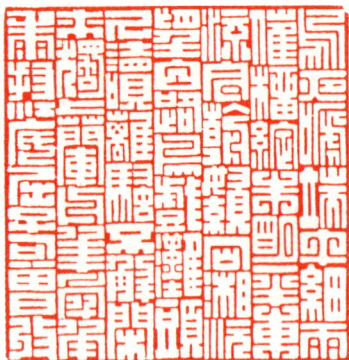

乌夜啼·端午

　　细雨催榴绽，朱明一半东流。今朝懒向湘
沅望，白鹭戏滩头。

　　久读《离骚》不解，闲来独上兰舟。年年
角黍投江底，屈子可曾收？

花非花·夏至

魁南倾，序更换。白昼长，玄宵短。新蝉初唱妙音连，乳燕方飞幽梦远。

忆王孙·伏日

朱明老去暑难从，倦柳垂丝意已慵，蝉啸高枝震耳聋。倚帘栊，静享微凉断续风。

天仙子·七夕

　　仰望星河七月七，鹊桥相会长空碧。今宵执手叹无言，愁未释，怨如织，剩有柔情残梦忆。

柳梢青·七夕

浩宇迷茫，繁星闪烁，弦月飞光。一道天河，
三生缘分，千古鸳鸯。

鹊桥再叙衷肠，愿今夕、相偕爱乡。天上
人间，佳期永驻，美意绵长。

天仙子·秋分

　　斗柄西归秋过半，湿云凝雨凉飔漫。庭梧知老叶先衰，蝉露染，蓼风剪，苦味含红心向远。

南歌子 · 立秋

　　九夏随风去，三秋带露来。余炎未尽暑难挨，
悦耳蝉声断续绕青槐。

忆江南·中秋

良宵夜，皓魄倍分明。万里长空金镜灿，
一轮圆璧玉壶清，小酌到三更。

渔歌子·中秋

宝镜新磨自在飞，一年离合几盈亏。逢朗夜，赏清晖，秋光此际最相思。

浣溪沙 · 中秋望月

北斗西归秋半分，碧空如洗杳无云。晴光遍洒露华新。

桂树婆娑千古冷，银盘闪耀几时泯？良宵何处不销魂。

忆王孙·重阳

秋风飒飒自轻狂，俏染丹枫送菊芳，日近重阳更怆伤。欲还乡，何处登高释愁肠。

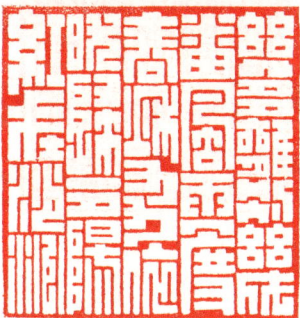

朝中措 · 重阳

　　风烟万里任遨游，沧海独行舟。赏菊怡情助兴，登台吊古生愁。

　　几多离别，几番风雨，几度春秋。九九依然归一，夕阳红在沙洲。

南歌子·立冬

　　北陆今朝始，西风此夜行。小园篱落叹寒英，
闻得夕鸦啼叫两三声。

蝶恋花 · 元旦

浊酒一杯心事了。未得欢情，且忘愁多少。
苦去甘来拼一笑，纵留憾事无烦恼。

渐落星光天欲晓。钟漏悠扬，唤起雄鸡叫。
舜日尧天同祈祷，来朝会胜今年好。

渔歌子·腊日

　　数九寒天此胜时，一年佳景在江梅。桃李色，
雪霜姿，冰葩片片俏南枝。

清平乐 · 腊日

天寒腊日，白雪弥阡陌。竹外丛梅香远逸，冰萼频传春息。

一年又尽残冬，小园静待东风。举目乱云争渡，云笺分付飞鸿。

慎终追远好安心

——写在词集《唤惹乡心旧梦留》付梓时

　　节日是人们生活中值得纪念的重要日子，传统节日是一个民族的生活底蕴和文化内涵。生长在一个拥有五千年文明的国家，我们每一个人都是生来就与各式各类的节日所融合，相牵相伴、乐此不疲、无尽无休。

　　尚是未谙世事的懵懂少年，我就跟随父母从天津卫回到农村老家静海贾口洼的西柳木村。记忆中，那天正值秋雨连绵，我们一家人乘小火轮从海河码头沿子牙河逆流行至静海的王口码头。下船后，只见汪洋一片，高粱穗刚露出水面，老家的乡亲们正忙着抢收被洪水浸泡的庄稼。在这个码头，我们一家人又搭乘拖运庄稼的船只回到了已经没有了"家"的老家西柳木村。在那灾荒之年，是老家的父老乡亲们用最淳朴的感情真心实意地收留了我们一家。那段日子，虽然缺吃少穿，生活过得很苦，但人们的精神不垮，年是年，节是节，不失传统，不乏乐趣，觉着苦得踏实、苦得安宁。所以，至今我对老家的那份感情依然很深、很深。

那段日子里，我对中华民族的传统节日有了亲身体验：新岁开春，万物复苏，人们祭天敬祖、鞭牛踏春；入夏，农事渐忙，人们少有闲暇，暑热生疾病，便以驱邪避瘟、除恶祛毒为主；金秋时节，瓜果成熟，新谷登场，人们怀着丰收的喜悦，饮酒团聚，赏月登高；秋去冬来，农事告竣，仓廪丰足，人们碾米磨面、杀猪宰羊。在我的记忆里，老家一进入腊月，热闹的景象无处不在，节日一个连着一个，年味一天比一天浓。如今，随着人们生活方式的多元化，生活节奏发生了变化，节俗文化淡化了，传统节日的内涵确实流失了不少。譬如春节、谷日、社日、元宵节、花朝、

后记

— 209 —

寒食节、清明节、立夏、端午节、伏日、七夕节、中元节、中秋节、重阳节、寒衣节、冬至、腊日、小年等底蕴深厚、内涵丰富的民俗节日，无不寄托着人们对美好生活无限的热爱和向往。这些传统节日也赋予中华民族子孙应负的责任、使命和担当，其精神的动力和文化的魅力是各种民俗节日永续传承的根与魂。

　　"北斗西归秋半分，碧空如洗杳无云。晴光遍洒露华新。　桂树婆娑千古冷，银盘闪耀几时泯？良宵何处不销魂。"（《浣溪沙·中秋望月》）。

　　"五更听漏滴，孤枕朝来湿。起身帘外窥，雨霏霏。　远处疏烟几缕，柳丝飞。柳丝飞，逐梦天涯，别愁春可知？"（《感恩多·清明》）。

自己作为一个经历过岁月磨砺、生活击打和社会淬炼的古典诗词爱好者和传统文化的守护者，发乎于心，对每一个节日、每一个节气都有着自己情真意切、爱至虔诚的抒发和表达。正所谓："万家灯火团圆夜，竹爆街头，彩照层楼，唤惹乡心旧梦留。　欢情苦意随风去，昔日无愁，来日无忧，唯惜时光似水流。"（《采桑子·除夜》）

　　时间匆匆而逝，明年是我人生一甲子，为感恩先祖，回馈社会，弘扬民族精神，传承传统文化，我从自己历年的诗词作品中遴选出咏诵传统节日的词作三百首，配以自己的三十首词篆刻作品，并以其中《采桑子·除夜》一词的"唤惹乡心旧梦留"为书名结集出版。这些词以中华传统节日为题材，通过五十余个词牌的体裁形式来体悟人生世态的可敬与可贵，抒发对贤人的无限怀恋和追思，陶冶性情，享受传统诗词文化的韵律之美。部分作品散见于《对联杂志》《天津每日新报》《天津日报》《山西晚报》《人民武警报》《光明网》等报刊和主流媒体，另有部分作品在天津华厦与天津电视台合办的《万和艺赏》专栏节目，

后记

通过名家谱曲、名家演唱，成为天津电视台文艺频道最受欢迎的特色节目之一。

诗词文化是传统的瑰宝，是文学的经典。受本人水平所限，遣词用字方面难免存有纰漏，恳请各位老师和文友多多包涵，不吝赐教。在书稿付梓之际，衷心感谢我的家人们，因为你们的陪伴和支持，才使我的生活有爱、有诗意。词集编选过程中，冯晓光老师为入集作品逐一校审斧正；中华诗词学会会长周文彰先生在百忙中赐序；中国艺术研究院原院长连辑先生慷慨题写书名；我的同事、出版社编辑老师们都付诸大量的心血，笔者在此一并感谢。

刘存发

壬寅立秋于华厦万和堂